Rainer Zimmermann   Das Wespennest

Rainer Zimmermann

Das Wespennest

Erzählung

Mit zwölf Zeichnungen
von Hans Fronius

Lübbe

© 1976 Gustav Lübbe Verlag GmbH, Bergisch Gladbach

*I*ch weiß nicht, zum wievielten Mal ich über diesen schrecklichen Vorfall berichte. In Frage und Antwort der Polizei zunächst, die mich noch am Orte vernahm. Aufgeregt und bruchstückhaft dann meiner Frau, als ich am anderen Tag zu Hause ankam. Später ausführlicher mal nach der einen, mal nach der andern Seite, wenn irgendwann das Gespräch auf Neubauten, die Gegend von Marburg, Wespen oder meinetwegen Begriffe wie Zufall und Bestimmung kam, und natürlich, wenn mich ein alter Bekannter nach Fellner fragte.

Heute erzähle ich es zum ersten Male ganz, das heißt, wie es mir in Erinnerung geblieben ist, oder wie es sich in meiner Erinnerung eingerichtet hat, mit den Eindrücken und Beobachtungen, von denen ich zwar nicht sagen kann, ob sie einen Bezug zum Ausgang haben, die sich aber, so oft ich mir alles zurückrufe, immer wieder mit einer fast lästigen Anhänglichkeit einstellen, als ob sich ohne ihr banales Dabeisein eine Vorstellung der Wirklichkeit nicht gewinnen ließe.

Daß ich an dem Samstag dorthin kam, hatte sich zufällig ergeben. Der kleine Ort, an dem Fellner als technischer Leiter eines neu angesiedelten Kunststoffbetriebes lebte, lag nahe der Bahnstrecke Kassel—Frankfurt, ein Stück lahnaufwärts, nicht weit von Marburg entfernt. Ein anderer Schüler aus dem Rumburger Gymnasium hatte ihm vor zwei Jahren meine Anschrift mitgeteilt und ihm geschrieben, ich sei öfters unterwegs und würde ihn

sicher gern einmal wiedersehn. Darauf hatte mich „Hajo", wie Fellner bei uns hieß, sehr herzlich eingeladen; ich käme ja öfters in seine Nähe, habe er gehört, und er würde sich riesig freuen ...
Ich zweifelte, ob ich noch irgendetwas anderes als ein Stück Vergangenheit mit ihm gemein hätte; es war sechsundzwanzig Jahre her, daß wir uns zum letzten Male gesehen hatten. Ich scheute wohl auch das oft rührselige Aufwärmen von Schulzeiterinnerungen. So schob ich den Gedanken an einen Abstecher vor mir her, bis mich ein Weihnachtsgruß erneut an Fellner erinnerte. Er sei im Herbst mit seiner Familie in ein neues Haus eingezogen und hoffe, daß ich nun doch einmal den Weg zu ihm finden werde.
Seitdem war nun schon wieder ein Dreivierteljahr vergangen und ich kam mir nachgerade wie ein säumiger Schuldner vor. Da stellte ich also vor einer Reise fest, daß ich diesmal in Frankfurt den Anschlußzug nicht mehr erreichen würde, setzte mich hin und schrieb eine Karte an Fellner, ich käme nun endlich morgen nachmittag und hoffte, ihn anzutreffen.
Bis zur fünften Station der Nebenstrecke mußte ich fahren. Die Septembersonne stach zum Fenster herein, ich rückte auf einen Schattenplatz in dem halbgefüllten Eisenbahnwaggon. Durch einen markerschütternden Pfiff der Lokomotive aus einem Anfall von Müdigkeit gerissen und ein wenig verstimmt über meine Schreck-

haftigkeit, gewahrte ich, daß der Zug schon in der mir genannten Station einfuhr und vor einem modernisierten Bahnhof hielt, der sich rechthaberisch von der noch bäuerlichen Umgebung abhob. Ich war froh, dem Brutkasten zu entkommen. Während ich mit wenigen Fahrgästen durch die Sperre ging, kam in einer blauweißgestreiften Bluse ein Mädchen, es mochte fünfzehn Jahre alt sein, auf mich zu, begrüßte mich und meinte: „Sie sind sicher Herr Mormann. Mein Vater hat mich hierher geschickt, um Sie abzuholen. Wir wohnen jetzt ziemlich am Ortsrand und da soll ich Sie zu unserem Haus führen."

„Das ist aber nett", fand ich. „Da kommen wir bei dieser Hitze auf schnellerem Wege hin, als wenn ich mich allein hätte durchfragen müssen. Ist es denn weit?"

Während mir Gabriele, so hatte sie sich vorgestellt, die Strecke schilderte, die wir vor uns hatten, an zwei neugebauten Fabriken vorbei, spürte ich, je mehr wir in die Nähe meines alten Schulkameraden kamen, um so deutlicher die zeitliche Distanz zu ihm; sie ging ja leibhaftig neben mir in Gestalt dieser erwachsenen Tochter. Wie auf dem letzten Stück der Bahnfahrt, versuchte ich wieder, jetzt ein wenig unterstützt durch einige vertraute Züge, die ich im sommersprossigen Gesicht seiner Tochter zu erkennen meinte, ihn mir vorzustellen. Es wollte auch jetzt nicht gelingen. Das Gesicht blieb seltsam unausgefüllt, nur geringe Ansätze, die Mundwinkel, die zwei Falten an der Nasenwurzel, eine glatte Stirn, das etwas widerborstige helle Haar, konnte ich fixieren, aber das alles waren nur ungenügende Notizen, aus denen sich die Zeichnung des Gesichts noch nicht erfahren ließ.

Hajo Fellner, sagte ich mir stumm immer wieder vor, um mit dem Namen auch die Erscheinung zu beschwören. Fellner, auf der zweiten Bank rechts außen, das weiß ich noch, saß er in den letzten Jahren, neben Putz Theo. Hans-Joachim Fellner freilich, die etwas langgeschossene, schlaksige Gestalt konnte mein Gedächtnis mühelos zitieren, ich sah ihn wieder vor mir, wie er sich bewegte, aber das Gesicht blieb, wie bei manchen Bildern der neueren Malerei, schematisch angelegt und eigenartig bedeutungslos.

Fellner, dieser Albernheit entsann ich mich beim Durchstöbern der gemeinsamen Jahre, hatte einmal, angestiftet von uns allen, dem unbeliebten Biologielehrer einen bösen Streich gespielt. Den langen Blumenkasten, in dem allerhand Raritäten heranwachsen sollten, hatte er auf eine unziemliche Weise kräftig gewässert, wonach die Pflänzchen jammervoll dahinsiechten und schließlich, allen kunstgerechten Bemühungen des Lehrers zum Trotz, eingingen.

Nun hatte es für den Biologen sicherlich keiner Bodenanalyse bedurft, um die Art der Schädigung zu ergründen. „Wer hat auf den Kasten gepißt?" fragte er nach

einigen Tagen überfallartig, als seine Stunde begann. Und ehe wir noch wußten, ob wir laut herauslachen oder Unschuldsminen aufstecken sollten, sagte er: „Ich habe den Fall dem Herrn Direktor vorgetragen. Der Herr Direktor hat mich beauftragt, den Urheber dieser böswilligen Handlung schonungslos zu ermitteln. Ich frage also, wer hat das getan?"

Im Klassenzimmer herrschte Mäuschenstille. Wir wußten natürlich alle, von wem unser kollektiv geduldeter Protest gegen den Biologielehrer ausgeführt worden war, und wir hatten schon vorher fest beschlossen, den eigentlichen Täter auf keinen Fall preiszugeben; in solchen Situationen war Verlaß auf unsere Klasse. „Wer ist es gewesen, ich frage zum dritten Male", klang es unheilvoll aus dem Munde des Lehrers. Niemand meldete sich. Die Inquisition nahm ihren Lauf. Wir wurden einzeln verhört, es gab Klassenstrafen, alle möglichen Vergünstigungen wurden uns gestrichen und strengere Maßnahmen angedroht, wenn der Übeltäter sich nicht meldete. Wir hielten es alle für gänzlich in Ordnung, daß Fellner standhaft blieb und sich auch durch Drohungen zu keinem Geständnis pressen ließ. Als aber dann tatsächlich ein paar gehörige Sanktionen gegen die ganze Klasse verhängt wurden, muß sich Fellner gesagt haben, daß nur zu seinem Schutze nun von allen ausgebadet würde, was er im Übermut begangen hatte; daß es feig von ihm wäre, wenn er nicht die Strafe — was konnte schon kommen? — auf sich nähme; und daß ja schließlich dieses ganze Theater einmal zu Ende gebracht werden müsse.

Ohne also mit irgendeinem von uns noch darüber zu sprechen, ging er eines Tages zum Biologielehrer, der eigentlich immer große Stücke auf ihn gehalten hatte, weil er — Folge wohl eher mangelhaften Interesses am Stoff — die Auswendig-Lernlektionen stets wie am Schnürchen heruntersagen konnte, ging also hin und sagte, er sei's gewesen, er wolle nicht, daß die ganze Klasse weiterhin büßen solle, sondern möchte die Strafe auf sich nehmen.

Der Biologielehrer, anstatt mit Erleichterung die endliche Klärung des leidigen Falles aufzunehmen, geriet außer sich. Er beschimpfte auf eine kalte und beleidigende Art den Fellner, stellte ihn in einer öffentlichen Brandmarkung vor der Klasse geradezu als einen potentiellen Mordbuben, der sich an hilflosen Pflänzchen ausgelassen habe, und als Ausbund der Feigheit und Charakterlosigkeit hin, als ein Subjekt, das es dann fertiggebracht habe, lieber die ganze Klasse in Verruf zu bringen, als die Folgen seiner abscheulichen Handlung auf sich zu nehmen.

Ich weiß nicht, warum unsere Klasse diese offensichtliche Ungerechtigkeit damals ohne Widerspruch hinnahm, wir waren doch sonst zu Protesten und Aktionen gern bereit, und ich entsinne mich auch nicht, was für

eine Strafe ihm damals aufgebrummt worden ist, wahrscheinlich weiß das Hajo Fellner selber nicht mehr. Aber von seinem Freunde Putz weiß ich, daß dieses Erlebnis Fellner lange Zeit zu schaffen gemacht hat; unsicher seiner selbst — wie jeder junge Mensch — war er plötzlich — wo er sich eher als Held fühlen mochte — zu einem Versager und Lumpen gestempelt worden. Daß sich die Sympathien der Mitschüler ihm gegenüber nicht wandelten, konnte wohl nur wenig helfen, die Verletzung nach und nach heilen zu lassen.

Während ich an diese Episode denken mußte, fiel mir ein abweisender Ausdruck um die äußeren Winkel seiner wasserhellen Augen ein, ich hätte aber nicht sagen können, ob er schon immer vorhanden und von mir nur erst in der Zeit danach beobachtet worden war. Wie sehr ich auch meine Einbildungskraft anspannte, das ganze Gesicht bekam ich nicht vor mein inneres Auge.

Jetzt können wir unser Haus schon sehen", machte mich Gabriele aufmerksam und zeigte, als wir gerade aus einer Kolonie gleichförmig neuer Siedlungshäuser hinausgelangten, nach halbrechts, wo in der Talsohle, am Rande des Ortes, ein kleines, aber stattlich wirkendes Haus mit seinem weißen Verputz freundlich aus dem Grün der Wiesen herausleuchtete.

„Und ich glaube, Paps hat uns auch schon gesehn", fügte sie hinzu, „denn er ist eben vom Balkon verschwunden, wo er heute schon den ganzen Tag Stäbe am Eisengitter festschweißt. Paps hat immer etwas am Haus zu basteln", erklärte sie und steckte dabei das nachsichtige Lächeln auf, das Kinder für die Schrulligkeiten ihrer Eltern auf Lager haben.

Das Haus verschwand hinter einer Gruppe von Erlen, als der Weg mit einer Holzbohlenbrücke die Lahn überquerte und dann ein Stück am Ufer entlangführte, ehe er sich in Richtung auf das nun mit seiner Rückseite vor uns liegende Fellnersche Haus wendete. Dabei stieg die Straße allmählich in ein Seitental an, in dem nur noch wenige kleine Häuschen zu sehen waren — sie steckten schon halb in der Natur, die hier durch die Nähe des sich mit ersten Gelbtönen verfärbenden Buchenwaldes die Überhand gewann. Sie mochten schon älter sein, denn sie waren in Strauchwerk und üppige Büsche von Goldrauten und blauvioletten Zwergastern eingebettet. Als ob sich Fellners Haus diesen Holzhäusern hatte etwas anpassen wollen, war sein über dem Balkon zurücktretender Giebel mit Holz verschlagen. Das hellgraue Eternitdach stand schön zum gebeizten Holzton und dem weißen Putz; die Nüchternheit, die dem Neubau anhaftete, wurde durch einen Blumenkasten mit knallroten Geranien gelockert. Das Haus steht da, dachte ich, wie ein korrekt gekleideter Buchhalter, dem seine Frau eine unternehmungslustige Blume ins Knopfloch gesteckt hatte. Der Vergleich traf genauer, als ich zunächst vermuten konnte, denn später kam die Rede auf diesen Blumenkasten, den die Frau gegen Fellners Willen — „Da läuft uns nur die Brühe auf den neuen Putz!" — durchgesetzt hatte.

Die stabil gebaute Garage, um wenige Meter zurückversetzt, war mit einer kurzen Mauer geschickt dem Haus verbunden. Dadurch wurde der fliesenbelegten Fläche unter dem Balkon ein — wie ich bald feststellen konnte — geschützter Eckplatz angeschlossen, wo ein Gartentisch mit weißen Metallstühlen den bevorzugten Feierabendplaz im Freien bildete.

Wir bogen von der Straße auf einen Sandweg ab und hatten nun das ganze Anwesen vor uns liegen, eingefaßt mit einem Maschendrahtzaun, der an kleine mennigrot gestrichene T-Eisen befestigt war und ein ausgedehntes, ziemlich kahl wirkendes Grundstück markierte. Mir fiel auf, daß die untere Begrenzung bis an den schmalen Bach heranführte, der aus dem Seitental kam, ein bescheidenes Rinnsal, das ich trotz der satter grün wuchernden Hirschzungen und Simsen an seinem Ufer wohl überhaupt nicht bemerkt hätte, wäre es nicht in seinem Lauf auf eine merkwürdige Weise verändert worden. In seiner Richtung auf die vordere, die Südostseite des Hauses zu, brach es ziemlich unvermittelt vor dem Fellnerschen Besitz nach links ab, lief dann unmittelbar außerhalb des Zaunes schnurgerade bis zur Ecke des Grundstücks und wendet sich, wie man gut sehen konnte, weil die neue Böschung ihren natürlichen Bewuchs noch nicht wiedergewonnnen hatte, erst danach wieder dem ursprünglichen Bett zu. Dieser Bach schlug sozusagen einen geometrischen Haken um den Fellnerschen Besitz.

Da sah ich die Tür aufgehn. „Paps", rief Gabriele, „wir sind da!" Und Hajo Fellner sprang mit zwei großen, seitlich auspendelnden Schritten, unverkennbar wie in alter Zeit, die beiden Zementstufen herab und kam uns schnell entgegen. In den Sekunden dieser wenigen Schritte, da ich sein zugleich fremdes und vertrautes Gesicht erkannte, vermochte meine Erinnerung das Jungengesicht Hajos vollkommen zu reproduzieren; es war das Gesicht eines jüngeren Bruders, fast eines Stiefbruders, bildete ich mir ein.

„Daß du das wahrgemacht hast, alter Junge! Ich hab's schon nicht mehr geglaubt!" Er packte mich energisch am Oberarm, nahm mir den dünnen Popelinmantel aus der Hand und „Ursula!" rief er mit seiner immer noch hellen Stimme, „der Kurt ist da! Komm raus! — Mensch, Kurt, hab ich mich gefreut, als wir gestern deine Karte kriegten. Kurt Mormann, dachte ich, war doch immer ein Mords-Kumpel, bißchen still, aber beim Handball, wenn's gegen die Sexta ging, da zeigte er, was eine Harke ist. Na, und am Morgen, wenn wir, müde

noch, im Eisenbahnabteil, die verbrauchte Luft riech' ich heute noch, das letzte Stück Sallust übersetzten, weißt du's noch, da warst du doch nicht zu entbehren, stimmts?"

„Stimmt sicher, wenn du's sagst. Liegt verdammt weit zurück, finde ich."

„Sechsundzwanzig Jahre genau!"

„Meinst du?"

„Wie — meine ich?! Kann man da was meinen? Du bist gut!"

„Mir kommt's vor, als liegt ein Jahrhundert dazwischen. Natürlich ist das Unsinn. Aber ein Jahrhundert braucht auch nicht länger zu sein, denk ich. Auf der Fahrt hierher wollte ich mir immer wieder vorstellen, wie du aussiehst. Meinst du, ich hätte es geschafft. Ich schäme mich fast, das einzugestehen. Napoleons Gesicht meinetwegen, das hätte ich zeichnen können, so deutlich stand es vor mir, wann ich nur wollte..."

„Du kennst mich also gar nicht wieder?" lästerte er.

„Ganz und gar. Aber..."

„Und du bist noch ganz der Alte!" unterbrach er mich.

„Nach hundert Jahren!" spottete ich. „Ganz schönes Kunststück."

„Du hast früher immer schon übertrieben!" Er grinste mich an und sagte mit einer gastfreundlichen Handbewegung: „Komm 'rein!"

*I*m Flur eilte uns schon Fellners Frau entgegen, etwas kleiner als er, rundlich, mit glatt gescheiteltem dunklem Haar und lebhaften braunen Augen im geröteten Gesicht.

„Hier ist mein Schulkumpel Mormann Kurt" stellte mich Fellner vor. „Und das ist Ursula, meine Frau, sie kommt eben aus der Küche wie du siehst. Die Hausfrauen sind ja immer bis zur letzten Minute beschäftigt!"

„Herzlich willkommen!", sagte die Frau ohne sich irritieren zu lassen, legte die Schürze, die sie noch in der Hand gehalten hatte, auf eine Kommode, strich ihr grüngeblumtes Sommerkleid glatt und meinte scherzhaft: „Du hast's nötig zu lästern. Eben hast du noch am Balkongeländer herumgeschweißt. Du hast ja noch gar keine Jacke an, Unmensch!"

„Zieh auch keine an bei diesem tropischen Wetter. Und du legst sie am besten auch gleich ab", wandte er sich an mich. „Ist er nicht herrlich, dieser Spätsommer? Eine Hitze wie in Nordafrika."

Ich sah, wie Fellner die Schürze der Frau von der Kommode wegnahm und sie an der kleinen vernickelten Garderobe, wohin er auch meinen Mantel und meine Jacke brachte, aufhängte.

„Wollen wir uns erst einmal das Haus anseh'n?", fragte er, fuhr aber gleich fort: „Die Küche, verstehst du, die haben wir aufs Modernste eingerichtet. Der Spülautomat hier über der Waschmaschine ist erst vor vierzehn

Tagen dazugekommen, ein Geburtstagsgeschenk für Ursula; übrigens eine tolle Mechanik mit den verschiedensten Programmen, die an der Wählscheibe hier wie bei einem Telefonapparat eingestellt werden. Anschließend der Kühlschrank, der Elektroherd, na, eben das übliche..." Die ganze Front des hellen Raumes sah imponierend aus wie die Schaltwand einer modernen Fabrik. Aber der Eindruck wurde widerrufen durch den appetitlichsten Geruch frischen Zwetschenkuchens, der auf dem Tisch auskühlte; die Klapptür des noch warmen Elektroherdes stand offen und ich muß gestehen, daß mir der herzhaft säuerliche Duft des angebrannten Saftes das Wasser im Munde zusammenzog. Die beiden geöffneten Fenster waren mit grünem Fliegengitter gegen Insekten gesichert.

„Ja, Junge, den Pflaumenkuchen mußt du dir erst noch verdienen", meinte Fellner, „die Besichtigung ist noch nicht zu Ende. Hier angebaut die Speisekammer!"

„Mein Mann macht das gründlich", bemerkte Frau Fellner dazwischen.

„Wenn schon, denn schon", rechtfertigte er sich.

Auf einem Aluminiumregal standen in mehreren Reihen gefüllte Marmeladengläser, Vorratstüten, kleinere Küchengeräte, Vasen und ein blauer bauchiger Steinguttopf. Neben dem schmalen Fensterchen, das auch mit einem feinen Gitter abgeschirmt war, hing ein Gazesäckchen mit Trockenpilzen für den Winter.

Wir gingen durch die Küche zurück.

„Hast du denn den Herd noch eingeschaltet?", fragte Fellner, weil ein feines Summen zu hören war.

„Ach was, der Kuchen ist ja schon eine Viertelstunde heraus. Und für den Kaffee kann sich Gabriele, wenn deine Führung weiter so gewissenhaft vonstatten geht, noch Zeit lassen."

Er schaute sich trotzdem zum Herd um, ich wurde von der Neugierde angesteckt, blickte zurück und sah außen am Fliegengitter eine Anzahl von Wespen in vergeblicher Erregung emporlaufen und herabfliegen.

„Die machen das Gesumm." Ich zeigte auf die anstürmenden Wespen. „Die freuen sich auf den Pflaumenkuchen!"

„Wo kommt denn das Zeug her?" Fellner schüttelte den Kopf. „Na, wir haben sie ja ausgesperrt! Wir gehen jetzt ins Eßzimmer und ins Wohnzimmer."

Während wir den Flur überquerten, fiel mir diesmal über der hübsch geschwungenen Kommode, die ein Erbstück der Frau sein mochte und sich ein wenig isoliert inmitten der neuen Einrichtung ausnahm, ein weißes Leinentuch mit verschnörkelten Buchstaben auf. Ich wundere mich über das altmodische Requisit mit seinem rotgestickten Spruch, der mit einer großen L-Initiale begann.

   „Laß drauß die Welt   dies Haus soll meine
    ihr Wesen treiben,   Heimstatt bleiben."

„Dafür lehne ich jede ästhetische Verantwortung ab", entschuldigte sich Fellner, als er beobachtet hatte, daß ich den sinnigen Spruch entzifferte. „Du weißt ja, wie das ist: ‚Aber wir haben es doch einmal', sagt dir die Frau, ‚und das hing bei meinen Eltern auch im Hausflur. Es ist doch auch ein schöner Spruch!' Naja, er war uns auch aus der Seele gesprochen, nach all den Jahren und den Scherereien mit dem Bau, das stimmt schon. Über ein Jahr hat sich die Fertigstellung verzögert. Unsere Nerven waren schon mürbe. Diese Handwerker heute!", stöhnte er. „Im Eßzimmer haben sie die Durchreiche zur Küche zweimal machen müssen, und der Kamin im Wohnzimmer zieht heute noch nicht richtig. In der nächsten Woche kommen die Maurer noch einmal. Seit Monaten bin ich hinter ihnen her. Es ist ein Elend. Aber diesmal kommen sie, haben sie mir versprochen."

Eß- und Wohnzimmer bildeten einen großen Raum, von einer halbhohen Mauer, die ein schmiedeeisernes Gitter trug, optisch getrennt. So ergab sich eine kleinere Nische als Eßplatz und auf der anderen Seite eine Sitzecke, die mit einer breiten Couch und schweren Polstersesseln ausgerüstet war. Das große Fenster gab den Blick auf die Talwiesen und den gegenüberliegenden Waldhang frei.

„Vielleicht sollten wir überhaupt hier Kaffee trinken", fiel es der Frau ein. „Im Haus ist es kühler heute und wir sind ungestörter."

„Ungestörter?" Fellner blieb stehen. „Du meinst, daß uns draußen die Fliegen plagen? Das wäre noch schöner, wenn wir deretwegen das Feld räumten. Wir wollen ja gerade mal die Hitze genießen in unserer „Weinecke" und es steht ja der Sonnenschirm da. Gabriele hat auch schon dort gedeckt."
Wir sahen uns das Zimmer in allen Einzelheiten an, Fellner erklärte eifrig und in verständlichem Besitzerstolz, was alles an besonderen Einbauten oder Ausrüstungen vorlag, und das Haus war in der Tat gründlich durchdacht und ohne zu sparen aufgerichtet; die Frau ließ sich, beiläufige Erklärungen einflechtend, bei dieser Gelegenheit gern wieder den neuen Besitz inniger ins Bewußtsein bringen, wir stiegen eine spiegelnde Terrazzo-Treppe in das obere Stockwerk empor und musterten dort in gleicher Weise Schlafzimmer, den Balkon, auf dem noch einige Eisenstäbe, ein Schweißbrenner und Werkzeug herumlagen, und eine Kinderstube, wo der kleine Hans-Dieter inmitten einer ausgedehnten Eisenbahnanlage schaltete.
„Sag mal guten Tag zum Onkel Kurt", forderte ihn die Mutti auf, der er sehr ähnlich sah.
„Du bist aber schon ein großer Junge", sprach ich ihn an.
„Ich war schon fünf Jahre!" kam es prompt aus seinem Mund, er gab mir die Hand und verbeugte sich artig mit seinem dunklen Haarschopf.

„Du kannst gleich mit uns kommen zum Kaffeetrinken im Garten", sagte Fellner.

„Ich mag doch keinen Kaffee." Hans-Dieter setzte sich wieder zwischen seine Gleisanlagen und Stellwerke.

„Und magst auch gar keinen Kuchen!" fügte der Vater scheinheilig hinzu.

„Komm schnell, wasch dir erst die Hände." Auf die Mahnung der Mutter sprang er zur Tür hinaus. Wir folgten nach.

„Den Dachboden haben wir noch nicht ausgebaut", erklärte Fellner im oberen Flur. „Das kommt in zwei Jahren dran. Die Bretter liegen oben schon bereit. Das gibt noch einmal zwei hübsche Räume. Diese Kippleiter führt hoch. Eine praktische Sache, was?" Er entriegelte eine an der Holzdecke befestigte Treppenleiter und führte sie nach unten, wobei sich die Bodenluke öffnete. Aus dem dunklen Loch kam dabei ein Lufthauch von dumpfer Wärme.

„Gabriele hat schon gerufen", mahnte Frau Fellner ihren Mann. „Nun kennt Herr Mormann unser Haus in allen Details und ist vom Sehen und Hören gewiß müde. Es wird Zeit, daß wir uns an den Kaffeetisch setzen!"

„Ja, ich glaube, wir haben Durst bekommen", fuhr Fellner im begeisterten Tone des Fremdenführers fort und „Geh bitte voran", sagte er zu mir. „Wir müssen uns jetzt ausgiebig unterhalten, wir wollen von dir hören, was du treibst, wie es dir geht, was du vor hast. Das

Pläneschmieden, Kurt, das ist doch unser Leben! Aber erst eine Tasse Kaffee!"

„Die kann nicht schaden", stimmte ich bei, obwohl mir Kaffee im allgemeinen nicht gut bekommt. Aber ich dachte an den frischen Zwetschenkuchen und den geruhsamen Sitzplatz an der Hausecke.

Der Schatten des Sonnenschirms bedeckte den halben Tisch und den Stuhl der Frau; mein Sitzplatz lag schon in der wachsenden Schattenecke des Hauses und des Balkons, der von einem merkwürdig dünnen Eisenrohrsäulchen gestützt wurde. Fellner und seine Tochter wollten in der Sonne sitzen.
„So heiß ist sie ja nicht mehr", meinte Gabriele.
Sie hatte auf einem kleingeblümten Acellatuch vorschriftsmäßig gedeckt, das weiße Geschirr, kleine Papierservietten in den Kuchengabeln als rosa Schmetterlinge, die Kaffeekanne unter der blauglänzenden Wärmehaube. Jetzt sprang sie, da wir uns gesetzt hatten, noch einmal ins Haus, um den Kuchen zu holen.
Ich war froh, zu sitzen. Ich lehnte mich im Stuhl zurück, dessen Kunststoffbespannung bequem nachgab, und kam in den Genuß meiner Müdigkeit. Auch Fellner mochte ein wenig erschöpft sein, denn er saß stumm, das Gesicht wie eine Sonnenblume zum Licht gekehrt,

einen Augenblick mit geschlossenen Augen da. Ich erschrak über den Ausdruck plötzlicher Leblosigkeit. Diese Züge schienen versteinert. Eine Sekunde der Rast, durchfuhr es mich, macht aus dem Antlitz eines ganz in der Tätigkeit lebenden Menschen eine Totenmaske. Doch der Eindruck, erklärte ich mir sogleich, war wohl durch die völlige Schattenlosigkeit des Gesichts hervorgerufen; und übrigens durfte sich Fellner nach seinen stundenlangen Geländerarbeiten und den eifrigen Erklärungen beim Hausbesichtigen einen Moment der Entspannung ruhig gönnen.

Das leise ansteigende Glucksen des Kaffees, den Frau Fellner einschenkte, verscheuchte meinen Gedanken. Eine aromatische Wolke strömte aus den Tassen.

Es saß sich angenehm hier.

„Schön habt ihr's!" Ich meinte das neue Haus und den Platz hier draußen.

„Wir genießen es auch", Fellner schaute mich freundlich an: „Und doppelt, wenn ein alter Bekannter uns dabei hilft!"

„Manchmal hab' ich gar nicht mehr glauben wollen, daß das wahr wird. Erst die Zeit in der Stadt, nach dem Kriege, dann, als Jochen hier anfing, es sind jetzt auch schon zwölf Jahre her, in diesem kleinen Nest, eine enge Mansardenwohnung, später wohnten wir gegenüber der Schule, meine Schwester ist hier mit einem Lehrer verheiratet."

Während die Frau so erzählte, sah ich, daß die helle Garagenwand von zwei Pflänzchen wilden Weins bewachsen wurde; nach ihnen hatte Hajo wohl den Platz getauft; die ersten halbhohen Triebe züngelten, an den Spitzen schon leuchtend rot, am Mauerputz hoch.

„Seit wir heirateten, haben wir uns vorgestellt, wie es sein mag, in einem Haus ganz für uns zu wohnen."

„Grundrisse haben wir uns aufgezeichnet", belebte sich Fellner wieder, „verbessert, erweitert, die Möbel maßstabgerecht in Papier ausgeschnitten und auf den Plänen hin und her geschoben, haben Rechnungen angestellt, gespart, Prospekte studiert, Bausparverträge gezahlt, naja, du weißt ja selber, was alles dazugehört für unsereinen, ehe es so weit ist."

„Eine schöne Zeit war's doch", schwärmte die Frau, wenn mein Mann Pläne schmiedet, ist er glücklich wie ein Junge."

„Wie ein Junge? Vorsichtig!" Fellner wandte sich an mich. „Was haben wir für Ängste ausgestanden! An Abenden vorher, vor den Stunden, vor Prüfungen. Mit Cäsars ‚Gallischem Krieg' fing das Elend an." Er hob die Tasse.

„Hast du schon Zucker drin?" erinnerte ihn seine Frau. Er setzte nochmal ab, warf ein Würfelchen in den Kaffee und wartete, bis die kleinen Bläschen sprudelnd an der braunen Oberfläche auftauchten und rasch an den Tassenrand schwammen.

„Und mit Ovids ‚Metamorphosen' nahm's noch kein Ende. Latein konnte mich zur Verzweiflung bringen. Unregelmäßige Verben müßten verboten werden. Struo, struis, struere, struxi, structum", konjungierte er.
„Aber das Französische hat sicher noch mehr!"
„Deshalb vielleicht mochte ich es auch nicht. Du hast in Französisch immer geglänzt, erinnere ich mich."
„Es fiel mir leicht. Warum, weiß ich gar nicht."
Er nahm seinen Erinnerungsfaden wieder auf. „Bei den Gleichungen mit zwei Unbekannten — entsinnst du dich noch an den meschuggen Mathematik-Prof? — konnte ich mir schon eher helfen. Algebra machte mir Spaß. In manchen Fächern lernte ich einfach auswendig, in Biologie zum Beispiel." Er schaute zu mir herüber. „Und der lange Heinrich, unser Geographiepauker, war auch erst zufrieden, wenn seine Memoriersprüche wie aus der Pistole geschossen kamen: Die Südfrüchte, Pause, alsda sind, Pause, dann presto: Bananenaprikosenpfirsichemandelnfeigenölweinundmaulbeerbaum". Er freute sich über das noch hurtig laufende Verschen.
„Dann die französischen Kolonien in Hinterindien", trumpfte ich auf: „Assamtonkingcochinchina und Kambodscha".
Den zweiten Teil hatten wir — unter vorgeschriebener Betonung des Und mit Anhebung der Stimme — im Sprechchor heruntergeleiert. Der kleine Hans-Dieter prüfte uns mit großen Augen, die Frau mußte lachen.

„Sunt pueri pueri...", rezitierte ich zur Entschuldigung, „Knaben bleiben Knaben, müßte man noch hinzufügen!"

„Braucht man nicht", sagte die Frau mit anzüglicher Milde, „das hat man gelernt. Wenn auch nicht in der Schule. Wir sind schließlich siebzehn Jahre verheiratet, Jochen, nicht wahr?"

„Und du bäckst immer noch den besten Pflaumenkuchen der Welt", komplimentierte Fellner in ungeheuchelter Begeisterung, weil Gabriele gerade einen großen Teller schön geschichteter Kuchenstücke auf den Tisch setzte.

Frau Fellner lächelte. „Du und deine Komplimente, ihr haltet zusammen! Aber jetzt lassen sie sich bitte nicht auffordern!" sagte sie. „Die Reserveladung steht in der Küche. Bitte!"

Den Zwetschenkuchen mußte man behutsam auf den Teller nehmen. Die dünne Teigschicht war noch lauwarm und an manchen Stellen vom Saft der dicht aneinander geschichteten Früchte durchtränkt. Die halbierten Pflaumen, deren Schalen gar nicht mehr blau, sondern rotviolett hervorschimmerten, bildeten kleine goldgelbe Schüsselchen; darin glänzte der rötliche Zuckersaft.

Mit kurzen Unterbrechungen setzte sich das Gespräch, während wir zu essen begannen, richtungsloser fort.

„Hab' ich übertrieben?" sagte Fellner, „der beste Pflaumenkuchen der Welt!" Er strahlte, genüßlich kauend, seine Frau an.

„Das will ich gern unterschreiben", pflichtete ich bei, „solcher Kuchen ist mir noch nicht auf die Zunge gekommen."

Aus der Haustür hörte man leise Schlagermusik. „... ja der bringt dir das Glück und die Liebe dazu" tönte eine heisere Männerstimme.

„Muß das sein, Gabriele?", sagte Fellner zu seiner Tochter. „Immer muß irgendwo etwas dudeln!"

„Ich hab' es ganz leise gestellt", rechtfertigte sie sich und die Mutter beschwichtigte: „Laß ihr den Spaß, es stört uns ja nicht."

„Na meinetwegen", knurrte Fellner mit vollem Munde. Der säuerlich süße Duft der noch nicht ganz ausgekühlten Pflaumen mischte sich mit einem feinen Zimtgeruch.

„Übrigens der Putz Theo, mit ihm war ich doch befreundet, der hat mir neulich einen Abzug unseres Matura-Fotos geschickt, ich muß es dir dann mal zeigen, es liegt noch auf meinem Schreibtisch, oder Gabriele, hol' es uns mal heraus, geh bitte! Da stehn wir am Eingangstor des Gymnasiums, am Ausgangstor", verbesserte er sich, „neunundzwanzig Neunzehnjährige im Jahre Neununddreißig, ich bin alle mal durchgegangen, der Reihe nach wie sie dastehn, genau elf leben noch."

„Man darf gar nicht daran denken", sagte Frau Fellner dazwischen. Die Schlagermusik klang etwas lauter. Und „Bring noch den Kuchen mit, Gabriele", rief sie dem Mädchen zu, das noch im Hause war. Die Musik wurde

leiser. Man hörte die Männerstimme etwas vom schwarzen Mann, dem Schornsteinfeger, seufzen und wieder den Refrain: ‚ja der bringt dir das Glück und die Liebe dazu'.
Auf das halbe Stück Kuchen, das ich noch auf dem Teller hatte, flog eine Wespe zu, Fellner sah es und scheuchte sie mit einer Handbewegung beiseite.
„Von Weisgerber, deinem Banknachbarn, hast du gehört?" fragte er mich. „Er kam mit seiner Flakbatterie zum Erdeinsatz, es hat ihn in den letzten Kriegstagen noch erwischt."
„Keiner hat mir das geschrieben", wunderte ich mich.
Die Wespe, deren auf- und abschwellendes Summen mir in eine etwas höhere Tonlage verschoben vorkam, steuerte erneut meinen Kuchen an, sie scherte, ein wenig unruhig gemacht, nach links und rechts pendelnd, mehrfach aus, verfehlte ein paarmal das Ziel, das Summen schwankte, es übertönte, so leise es war, die Radiomusik und verstummte plötzlich. Das Tierchen mit seinem dunklen Kopf und Brustkorb und dem schwarzgelben Hinterleib kletterte am Tellerrand die glatte Porzellankante entlang, unmittelbar davor glänzte ein rötlicher Safttropfen, es rutschte ab, summte plötzlich wieder auf, da gewannen die gelben Beinchen Halt und es begann zu saugen; die durchsichtig wachsfarbenen Hautflügel blieben ganz schmal und still, deutlich sah ich den gestreiften Hinterleib aufgeregt vibrieren.

„Was ist eigentlich aus den beiden unzertrennlichen Degenhard—Wimmer geworden?" fiel mir ein. Aus dem Haus klang langgezogen der Schlußakkord des Schlagers.

Zwei Wespen manövrierten in seltsam schwankenden Kurven um den großen Teller, an seinem Rand klebten ein paar halbe Pflaumen, durch Saftspuren zu einer karminfarbenen Landschaft verbunden.

„Von Wimmer hast du schon öfters erzählt", warf die Frau ein. „Hat er nicht eine Schnapsfabrik aufgemacht?"

„Verdammt", fuhr Fellner zusammen. Eine der neuangekommenen Wespen war auf einer ausschweifenden Flugbahn an seine Hand gestoßen, er zuckte weg, schlug danach, das getroffene Insekt stürzte unter die Untertasse, von wo sogleich ein lauter, tieferer Schwirrton heraussurrte. „Sauzeug", fluchte er noch einmal. In ängstlicher Eile lief die Wespe völlig lautlos hervor und zog — aufsummend — in einem taumelnden Bogen ab.

„Also, beruhige dich doch", sprach seine Frau auf ihn ein und erklärte mir: „Insekten können ihn verrückt machen."

Er überhörte es. „Degenhard", sagte er betont langsam, aber man spürte eine eigentümliche Unruhe in ihm, „Degenhard Fred ist schon 42 in der Ukraine verschollen, bis heute haben die Eltern noch kein Sterbenswörtchen von ihm gehört. Und Wimmer Karli hat keine

Schnapsbrennerei, sondern eine Wurstfabrik in Kanada aufgemacht, echte ‚Francfurter' aus Toronto. Vorher hatte er in seiner Tauschzentrale in Bamberg schon schweres Geld ..., leg die beiden Stücke mit dazu", unterbrach er seinen Satz, als Gabriele den neuen Kuchen auf den Tisch plazierte, „und bring den alten Teller weg, die Biester sind ja ganz wild hinterher!"
„Vielleicht gibt's ein Gewitter", meinte Gabriele, „daß die Wespen so aufsässig sind. Da drüben zieht's nämlich dunkel herauf."
„Was ein Glück, daß ihr den ganzen Krieg heil überlebt habt." Frau Fellner lenkte zurück.
Das Tal wurde in ein intensives Licht getaucht, Streifen des Buchenwaldes hoben sich gelbrostig ab; deutlicher bemerkte ich, wie schön sich die Landschaft von hier aus dem Blicke darbot. Vor uns säumten leuchtend bunte Dahlien als einziger Blumenschmuck den Garten in einem langen, geraden Beet, das sorgfältig mit Ziegeln vom gepflegten Kiesweg getrennt war; die üppigen karminroten, rosafarbenen und gelben Blütenköpfe verdeckten den größten Teil des Rasens, der hier unter der Trockenheit kaum gelitten hatte. Zwei Wolken, blendend weiß, kletterten langsam in den Himmel. Die roten Zaunpfähle um das Grundstück standen wie glühend in der Wiese. Gegenüber, gerade das Dach des Hauses überragend, gewahrte ich eine bleigraue Wolkenwand.

„Es ist schon ein unbegreiflicher Zufall", entgegnete ich der Frau, „oder eine tausendgliedrige Kette von Zufällen, wenn es so etwas gibt."

„Man kann dankbar sein", setzte Frau Fellner hinzu. Er sah mich an. „Ich will dir was sagen. Ich habe eigentlich immer das Gefühl gehabt, mir kann nichts passieren. Komisch, was? Aber ich hab' recht behalten. Meine Philosophie lautet: Unkraut verdirbt nicht. Und wie du siehst, wir leben, wir leben nicht ungern!"

„Und die Kinder machen uns Freude", hängte die Frau an.

„Und das Haus jetzt natürlich auch", meinte er. „Gabriele macht im Frühjahr ihr Einjähriges..."

„Emteha soll sie werden", unterbrach ihn die Frau.

„Was soll sie werden?", fragte ich.

„M T A", buchstabierte Fellner, „bei einem Arzt Medizinisch-technische Assistentin..." Und die Frau ergänzte: „Sie kann dann in Marburg wohnen..."

„Das ist ja nicht auszuhalten!", schrie Fellner laut und unwillig dazwischen. „Ein ganzer Schwarm von diesen Viechern tanzt hier herum." Er war aufgesprungen.

In der Tat begann der Wespenbesuch lästig zu werden. Einige krabbelten auf den Kuchenstücken, andere an den Tellern, die Luft summte von denen, die wie trunken und dennoch in kunstvollen Suchflügen nie aneinanderstoßend die leckere Weide anflogen, immer mehr schienen auf ein geheimes Kommando herbeizuströmen.

Das mehrstimmige Summen nahm durch die Unterbrechungen des Tons bei den Tieren, die kurz vor dem Ziel, auf Tischtuch, Teller oder Löffel, niedergingen, dann wieder ein Stückchen aufschwirrten, um erneut zu landen, an Hartnäckigkeit zu; ja, diese ungleichen Unterbrechungen verhalfen dem Summton zu einer bedrohlichen Wahrnehmbarkeit. Hans-Dieter hatte seinen Platz schon vor ein paar Minuten heimlich geräumt; Gabriele riß jetzt aus.
„Aber bitte, Jochen, setz dich hin", flehte die Frau.
„Ich möchte wirklich wissen", erregte sich Fellner immer mehr, „wo dieses Ungeziefer herkommt!"
Er ließ sich auf keine Beschwichtigung ein, ging mit hastigen Schritten um das dünne Säulchen unter dem Balkon herum und fahndete am Giebel.
„Da oben kommen sie heraus", rief er uns laut zu, „ich dachte mir's doch, natürlich durch die Holzbretter, unentwegt kommen sie da heraus, eine schöne Bescherung!"

*F*rau Fellner suchte die Störung zu überbrücken. „Das kenn' ich schon", meinte sie mit betonter Gelassenheit, „wenn ihm so etwas in die Quere kommt, ist er nicht zu halten. Und nun kommen sie ausgerechnet durch den Holzgiebel", fügte sie lächelnd hinzu. „Sie müssen wis-

sen, er ist nur widerwillig auf meinen Wunsch eingegangen, den Giebel zu verschalen. Ich habe Holz gern; ich hätte auch lieber einen Holzbalkon gehabt, aber den ließ er sich nicht mehr abhandeln, wie sie sehen. ‚Da nistet' — sie ahmte scherzhaft seine Stimme nach — ‚sich nur Ungeziefer ein', meinte er immer. Nun hat er auch noch Recht bekommen!"

„Da muß ich erst einmal nachseh'n!", rief Fellner herüber und eilte zur Tür, „Entschuldigt einen Augenblick, ich bin gleich wieder da."

„Das läßt ihm jetzt keine Ruhe. Es macht ihn krank, wenn am Haus etwas nicht in Ordnung ist, das war im Frühjahr schon so, als das Rotschwänzchen neben der Dachrinne nistete, und nun gar noch durch Insekten! ‚Wir müssen uns die Mücken und das ganze Ungeziefer vom Halse halten', hatte er immer gesagt, bevor er den Bach verlegte. Ich weiß nicht, ob sie es gesehen haben, der Graben ist da unten so reguliert worden, daß er ums Grundstück herumgeht."

„Mutti", Gabriele kam herbeigelaufen, „ich glaub', es gibt wirklich ein Gewitter, die Wolken da hinten sind ganz schwarz."

Wir drehten uns um, es schien ein Gewitter hochzuziehn, aber die Wiesen vor uns dehnten sich im blendenden Sonnenlicht.

„Sehen sie, der Bach kommt aus dem Tal dort drüben, meist rinnt nur wenig Wasser darin, es war ja auch ein trockenes Jahr; mir hätte es ja nichts ausgemacht, wenn er durchs Grundstück gelaufen wäre."

Der kleine Hans-Dieter war wieder aufgetaucht, schlich hinter der Mutter vorbei zur Schaukel, die zwischen einem der Pfosten für die Wäscheleine und dem Garageneck praktisch angebracht war; er beugte sich mit dem Oberkörper über das Brett, lief ein paar Schritte, ließ sich zurückschwingen und begann zu schaukeln.

„Eigentlich muß ich ja sagen", fuhr die Frau fort, „daß ich mit diesem Grundstück erst nicht einverstanden war, es lag mir zu tief unten, aber es war eben sehr günstig zu haben, so konnten wir ein größeres Stück erwerben."

Sie schaute zur Haustür, ob ihr Mann schon käme.

„Vor Gewitterregen hab' ich hier Angst. Vielleicht ist es albern von mir. Aber unser Nachbar Aumüller, ein ganz verständiger Mann, hat uns schon im Frühjahr geraten, wir sollten das mit der Bachumlegung wieder ändern. Mein Mann will nichts wissen davon. Vorige Woche sagte mir Aumüller, als er hier vorbeiging, der Bach könne nach einem Unwetter gefährlich viel Wasser herbeiführen. Ich habe das Jochen gar nicht mehr erzählt. ‚Laß mich zufrieden mit solchen Ammenmärchen', sagt er dann bloß."

Ich hielte es für unwahrscheinlich, daß dieser Bach das Grundstück oder gar das Haus gefährden könne, beruhigte ich die Frau, da erschien auf dem Balkon Fellner, puterrot vor Anstrengung und in einer dem Vorfall

— wie mir schien — unangemessenen Erregung. Er war außer Atem, hatte von der Stirn bis zum Ohr ein Spinnwebnetz hängen, beugte sich über die Brüstung und schrie uns zu: „So eine große Glocke hängt da", er machte eine Bewegung mit den Händen, „ganz unten am Dachsparren, zu Hunderten schwirren sie herum, so ein graues Nest. Das muß gleich weg!"
Er wandte sich rasch zurück, bückte sich, ich sah, wie er einen Gegenstand ergriff und durch die Balkontür verschwand.
„Hab ich's nicht gesagt?", die Frau schaute mich ein wenig ratlos an, „er gibt nicht eher Ruhe!"
„Ich will mal das Radio abstellen", sagte Gabriele und ging zum Haus.
„Sie fürchtet sich vor dem Gewitter", meinte Frau Fellner und rief sie zurück: „Komm, Gabriele, nimm gleich etwas Geschirr mit, wir werden doch bald ins Haus übersiedeln müssen." Und zu mir fuhr sie fort: „Vielleicht sollten wir Jochen doch überzeugen, daß er ein breites Bachbett durch den Garten legen läßt, das kann man doch hübsch bewachsen lassen; mein Schwager, der hier Lehrer ist, meint auch, es wäre besser."
„Mich wundert eigentlich", ich wollte das Gespräch von diesem Punkt wegführen, „daß Hajo so außerhalb des Ortes gebaut hat. Fühlt er sich wohl hier draußen?"
„Gewiß, kein Lärm dringt hierher und die Leute bleiben ihm vom Hals." Die Frau hielt ein, denn es war ein

dumpfer Schlag zu hören, als ob Fellner mit einem harten Gegenstand an einen Dachbalken gestoßen hätte. Sollte er auf das Nest geschlagen haben?, durchfuhr es mich. Oder gestürzt sein? Die Frau sah mich gespannt an. Ihre Züge lösten sich und sie sagte: „Da wird er ja gleich kommen, ich glaube, das war die Bodenluke." Sie horchte aufmerksam. Oben war nichts mehr zu hören. Gerade setzte auch die Radiomusik aus, Gabriele hatte sie abgestellt. Einen Augenblick herrschte völlige Stille, bis auf das Summen der vergeblich suchenden Wespen über dem halbleeren Tisch. „Von der Vereinsmeierei und von all dem gesellschaftlichen Kram hat er nie was wissen wollen", begann die Frau wieder zu erzählen. „Nur so bauen, war seine Rede, daß man möglichst wenig Gesichter sieht, mir ist der Nächste am liebsten, wenn er weit weg ist. Hans-Dieter", rief sie zum Jungen hinüber, der inzwischen wie ein fröhliches Pendel auf seiner Schaukel ausschlug, „Hans-Dieter, nicht so wild, hörst Du!"
Ich sah gerade, wie der Junge einen vollen Bogen im Sonnenlicht zog, beim Zurückfallen in Schatten tauchte und beim nächsten Schwung aus dem Schatten nicht mehr herauskam. Der Garten lag mit einem Schlage in glanzloser Dämmerung, die Gewitterfront stand hoch am Himmel.
„Wir wollen jetzt hineingehen", sagte Frau Fellner. Wir standen auf.

Da schrie Gabriele, schrie wie von Sinnen: „Das Dach brennt!" Und nun weiß ich nicht mehr, was alles und in welcher Reihenfolge es sich ereignete. Ich lief — meine ich — vor das Haus, sah wie an der unteren Hälfte des Daches aus einem breiten Loch die Flammen als ein gelbes Bündel herausschossen; ein scharfes, gepfeffertes Prasseln schreckte die Ohren. Fellner — denk ich, nein seh ich, Fellners Gesicht steht plötzlich vor mir. „Jochen" schreit die Frau, ich stürze auf den Eingang zu, das ganze Haus hat einen blonden Schopf aus Flammen. Da höre ich mich selber schreien: „Fellner, runterkommen!" Mehrmals brülle ich aus Leibeskräften den unsinnigen Befehl „runterkommen, Fellner!", während ich durch den flackernd beleuchteten Flur laufe, das Treppengeländer greife und zum ersten Stock hochkeuche, wo aus der Luke blendend hell das Licht kommt.
Die Hitze schlägt mir ins Gesicht. Er kann doch mit dem Brenner, wie hat er denn mit dem Schweißbrenner... Fetzen von Gedanken schwirren mir durch den Kopf, um Himmelswillen, denke ich, diese Hitze! In dem Augenblick stößt mich einer an die Seite, ein laut heulender Sturm drückt mich fest, daß ich aufstöhne; und da kracht ein glühender Balken durch die Luke, ich springe beiseite, reiße die Frau, die mir gefolgt sein mußte, am Arm die Treppe herunter — ein Sturzbach von Funken ergießt sich in den Flur — mit Gewalt zerre ich sie zurück, sie stößt meine Schulter, aber ihre Kräfte

lassen schnell nach. Ich merke, wie unten die Tochter hinzuspringt und wir die Frau schleppen, als sie zusammenfällt, und uns durch die Tür zwängen, ohne Atem, sie hinübertragen und die plötzlich völlig Willenlose auf die Bank setzen neben dem Dahlienbeet.
Noch einmal renne ich zurück ins Haus. „Fellner" schrei' ich mit einer heiseren, fremden Stimme, die vom Rauschen über mir verschluckt wird. Husten schüttelt mich, durch den stickigen Qualm im oberen Flur ist nicht hindurchzukommen; der durch die Bodenluke gestürzte Balken hat die Treppenleiter angesengt wie eine Fackel. Ich muß zurück. Nach Schreck und Verwirrung der ersten Minuten befällt mich plötzlich eine schmerzende Nüchternheit. Durch meinen Kopf schießen alle Möglichkeiten, den vielleicht nur Betäubten herunterzuholen. Ob von außen an den Dachboden heranzukommen ist? Ich renne die Treppe hinab.
Von der Garage aus reicht man nicht hinüber; ein jäh aufkommender Wind reißt die Rauchfahne in diese Richtung. Von den gelben Flammen, die Funkenschwärme aus verkohlten Balken peitschen, lösen sich immer noch einzelne Fetzen und jagen mit violetten Schwänzen in den dunklen Himmel. Ich laufe zur anderen Giebelseite, ich will noch nicht glauben, daß von dort oben kein Mensch mehr lebend heruntergeholt werden kann. Die Holzverschalung der Giebelmauer hinter dem Balkon ist nur an den Rändern verkohlt. Ich

starre auf das Eisengitter, die Lücke der noch fehlenden Stäbe, da gewahre ich oben — von der Hitze und dem Qualm wie von unsichtbaren Händen immer wieder zurückgestoßen — einen aufgeregten Schwarm von Wespen unablässig die Stelle des alten Einflugs ansteuernd, zurückschreckend und wie besinnungslos vortaumelnd.

Als ich vors Haus komme, sind erste Menschen eingetroffen, aufgeregt umherlaufend, Kinder dazwischen. Einige packen zu, eilig tragen sie planlos Gegenstände aus dem Haus, andere starren in das nur noch sekundenweise aufflackernde und dann die Qualmwolken phantastisch beleuchtende Feuer, da rast ein großer Wagen blaulichtfunkelnd und glockenschlagend — als geh' es zu einer Kirmes — den Weg hoch, läßt die rote Farbe der Feuerwehr erkennen, man hört lautes Rufen, die Männer hantieren kurze Zeit und löschen die letzten glühenden Balken des Dachstuhls. Ein paar steigen die schräge Leiter hoch und schleppen kurz danach den Toten, in eine Plane gehüllt, herunter.

Die Schwester und ihr Mann hatten sich Frau Fellner angenommen, sie führten sie mit den Kindern zu einem Wagen und brachten sie fort. An ein Verabschieden war nicht zu denken. Die Polizei bat mich, ihr den Hergang zu berichten. Ich holte aus dem Hausflur meine durchnäßte Jacke und den Mantel, wollte noch einmal hingehn, wo sie Fellner niedergelegt hatten, es war fast dunkel, ich sah die beiden Uniformierten in einer schwarzen Gruppe auf dem Rasen stehn wie um die Puppe eines riesenhaften Schmetterlings, der eine bückte sich und zog die verrutschte Plane fester an der Seite herunter. Das Dahlienbeet daneben war zertrampelt, ein paar schmutzige Ziegelsteine lagen in Pfützen, die das letzte bißchen Licht sammelten.

„Fahren wir", forderte mich ein Polizist auf; er nahm mich im Auto mit zur Wache. Ich beantwortete seine Fragen so gut ich konnte. „Er muß mit dem Schädel an einen Dachbalken geschlagen sein", rekonstruierte der Beamte, „vielleicht durch einen Wespenstich geschreckt. Und dem Betäubten ist der Brenner aus der Hand gefallen." Er schüttelte den Kopf. „Da hinaufzusteigen und mit dem Flammenwerfer gegen Wespen Krieg zu führen..., auf was für Einfälle die Leute kommen!"

Ich kannte weiter niemanden in dem Ort, niemand kannte mich. Ich schaute auf die Uhr. Es mußte noch ein Zug fahren. Ich ging, es war stockdunkel geworden, ab und zu flackerte ein Wetterleuchten am Rande der Nacht, zum Bahnhof, ohne einen klaren Gedanken fassen zu können. Alles was ich seit meiner Ankunft vor wenigen Stunden bemerkt, gehört, beobachtet und gedacht hatte, kreiste wie ein funkensprühendes Feuerrad in meinem Kopf. Ich setzte mich außen auf eine Bank ins Dunkel, es hatte sich nur wenig abgekühlt, und hielt die Augen offen. Immer, wenn ich sie auch nur kurz schloß, sah ich mit quälender Deutlichkeit das Gesicht Fellners — als er uns vom Balkon zurief, aufgeregt, atemlos, wie mit dem Wichtigsten von der Welt beschäftigt, ein Spinnwebnetz an der Stirn ... So seh ich ihn heute noch. Ich könnte ihn zeichnen.

Die Vorzugsausgabe mit einer numerierten und signierten
Original-Lithographie von Hans Fronius erschien 1976
in einer Auflage von 180 Exemplaren.

Rainer Zimmermann   Das Wespennest
Erzählung mit 12 Zeichnungen von Hans Fronius
Erschienen im Gustav Lübbe Verlag GmbH, Bergisch Gladbach
Alle Rechte vorbehalten
Gesamtherstellung: Druckhaus Lübbe, Bergisch Gladbach
Printed in Germany
ISBN 3-7857-0183-7